COLLECTION NAUMANN

—

DEUXIÈME PARTIE

—

ESTAMPES

ANCIENNES

—

PIÈCES DE DIVERSES ÉCOLES

PIÈCES HISTORIQUES

RECUEILS

ORNEMENTS

LA VENTE AURA LIEU

A L'HOTEL DES COMMISSAIRES-PRISEURS

Rue Drouot, nº 5

SALLE Nº 4, AU 1er ÉTAGE

Le Mardi 7 Mai 1861, à une heure.

—◇◇◇—

EXPOSITION PUBLIQUE

Le Dimanche 5 Mai de 1 heure à 5 heures.

———

Par le ministère de Mᵉ DELBERGUE-CORMONT, Commᵉ-Priseur,
rue de Provence, 8,

Assisté de M. ROCHOUX, Marchand d'Estampes,
quai de l'Horloge, 19,

Chez lequel se distribue le présent Catalogue.

—

1861

RENOU ET MAULDE

IMPRIMEURS DE LA COMPAGNIE DES COMMISSAIRES-PRISEURS

Rue de Rivoli, 144.

COLLECTION NAUMANN

DEUXIÈME PARTIE

ESTAMPES

ANCIENNES

PIÈCES DE DIVERSES ÉCOLES

PIÈCES HISTORIQUES

RECUEILS

ORNEMENTS

LA VENTE AURA LIEU

A L'HOTEL DES COMMISSAIRES-PRISEURS

Rue Drouot, nº 5

SALLE Nº 4, AU 1ᵉʳ ÉTAGE

Le Mardi 7 Mai 1861, à une heure.

EXPOSITION PUBLIQUE

Le Dimanche 5 Mai de 1 heure à 5 heures.

Par le ministère de Mᵉ DELBERGUE-CORMONT, Commʳᵉ-Priseur,
rue de Provence, 8,

Assisté de M. ROCHOUX, Marchand d'Estampes,
quai de l'Horloge, 19,

Chez lequel se distribue le présent Catalogue.

1861

CONDITIONS DE LA VENTE

Elle sera faite au comptant.

Les Acquéreurs paieront, en sus des **enchères**, CINQ POUR CENT, applicables aux frais.

L'ordre des numéros sera suivi.

DÉSIGNATION

DES ESTAMPES

PIÈCES DE DIVERSES ÉCOLES.

1 **Anonymes** de la fin du xve siècle. Saint Jérôme. Trois compositions différentes.

2 — **italien** du xve siècle. Thalie jouant du violon. Carte avec la marque D. B., vol. XIII, p. 124, n° 33. *Rare.*

3 **Ardell** (Mac). Lisabetta. (Boccaccio Giornata quarta novella V.), d'ap. Fuerino. Jolie pièce à la manière noire.

4 — Jeune femme accoudée sur une table. Charmante pièce gravée à la manière noire. Superbe épr. avant toute lettre.

5 **Audenaerd**. Bethsabé au bain, d'ap. C. Maratte.

6 **Baldini**. L'Enfer. Épr. ordinaire.

7 **Bars. Brix.** F. 65. Jésus descendu de la croix et soutenu par la Vierge. Composition de six figures, d'un vieux maître italien. L'épreuve est doublée.

8 **Bega** (C.). Un Buveur attirant à lui une jeune fille d'auberge. Composition de trois figures. Épr. avant l'adresse de Covens et Mortier.

9 **Beich**. Deux jolis paysages à l'eau-forte.

10 **Belotti**, dit le *Canaletto*. Le Turc généreux. Ballet exécuté à Vienne, sur le théâtre, près de la cour, le 26 avril 1758. Grande et belle pièce à l'eau-forte.

11 **Bella**. Chasses, 7 p. Jeune femme retenant un taureau. Cavaliers, etc. 26 p.

12 — Compositions sur la mort. 5 p. Très-belles épreuves. Les fonds de deux de ces pièces représentent l'église et le charnier des Innocents à Paris.

13 — Cavaliers, pièces rondes. Cartouche, au milieu duquel on voit un cavalier, ayant en croupe une jeune femme. 5 p.

14 **Bellangé**. La bonne aventure. C'est uniquement l'espoir de quelque petite rente. Avancez à l'ordre, etc. 33 pièces spirituelles compositions lithographiées.

15 **Bemel** (P.-V.). Paysages à l'eau-forte. 2 pièces.

16 **Bolt**. Amour aiguisant une flèche. Jolie petite pièce d'ap. Mengs. Médaillon rond.

17 **Bonnart**. Les quatre Éléments figurés par de jeunes femmes en costumes Louis XIV. 4 pièces in-4. *Rares*.

18 — Les quatre parties du monde. 4 pièces in-4.

19 **Bos** (Jérôme). Saint Martin. Composition singulière dans laquelle on voit un grand nombre de gueux éclopés et de fous dans les postures les plus bizarres.

20 **Bosse** (Abraham). Les Comédiens de l'hôtel de
Bourgogne. Très-belle épr. avec l'adresse de Leblond.

21 — Le Bal. Charmante pièce à costumes Louis XIII.
L'une des pièces les plus intéressantes du maître,
avec l'adresse de Leblond.

22 — La Saignée, avec l'adresse de Leblond.

23 — Le Procureur. La Danse à une noce de village.
2 pièces avec l'adresse de Leblond.

24 — Figures pour l'Énéïde. 13 pièces.

25 **Bosse** (manière d'Abraham). Tentation de saint
Antoine. Le saint est représenté, à droite, à genoux, la tête environnée de rayons ; il est entouré
de démons. On voit, au milieu, une femme nue
venant de la gauche ; un page avec tête de poisson tient au-dessus de sa tête un parasol. Derrière
lui, un animal chimérique dont le corps ressemble
à celui d'une girafe porte un cavalier grotesque.
Composition singulière. L'exécution rappelle beau-
coup le travail d'Abraham Bosse et celui de Daniel
Rabel. Grand in-4 en largeur. *Rare*.

26 **Boyvin**. Diverses coiffures d'hommes et de
femmes pour des ballets, d'ap. maître Roux.
22 pièces.

27 **Bracelli** (J.-B.). Compositions singulières à deux
personnages où les différentes parties des figures
sont composées d'objets à l'usage des métiers, tels
que meules, ciseaux, compas, etc. 28 pièces.

28 **Bry** (Théodore de). La Fontaine de Jouvence.
Jolie pièce d'ap. Sebald Beham.

29 **Calame**. Études d'arbres. Paysages. 15 lithographies.

30 **Callot** (Jacques). Le Passage de la mer Rouge. *Meaume*, n° 1. 1er état. Très-belle épr.

31 — L'Enfant Jésus. *Meaume*, n° 3. 1er état avant le nom du maître. *Très-rare*.

32 — La Passion de Notre-Seigneur. Jolie petite suite de 12 pièces. M. 19-30. 1er état.

33 — Vie de la Vierge. 4 pièces avant les numéros. Grande Passion. 3 pièces. Martyre des apôtres. 6 pièces avant les numéros. Conversion de saint Paul. 3 pièces du Nouveau Testament. 7 pièces des exercices militaires, etc. 28 pièces.

34 — Les quatre banquets. *Meaume*, 48-51, suite de 4 pièces. Superbes épr. du 1er état.

35 — Les Péchés capitaux. M. 157-163, suite de 7 pièces du 1er état. L'Orgueil, qui compte quatre états, est également du premier avant le nom du maître. *Très-rare*.

36 — Vues du Louvre et de la tour de Nesle. M. 713 et 714. 2 pièces, anciennes épr.

37 **Canal**, dit *Canaletto*. Al Dolo. Porte del Dolo. Santa Giustina, etc. 9 pièces.

38 **Courtois** (Jacques), dit *le Bourguignon*. Quatre estampes pour la Guerre de Belgique, de Strada. Compositions pleines de fougue et d'énergie. R. D. 13 à 16. *Rares*.

39 **Divers**. Batailles pour les guerres de Flandre de Strada, par Collignon, William Bawr, etc. 21 p.

40 — Rosetta. Amour près d'une fontaine, d'après
Netscher. Vénus entourée d'amours, par Bartolozzi, d'ap. Cipriani. 4 pièces.

41 — Jupiter et Io, par Bartolozzi et Clar, d'ap.
Corrége ; par Durmer, d'ap. Vanderverf. 3 pièces.

42 — Pièces d'après le Titien, Miéris, Maas, etc.
28 pièces.

43 — Sébastien Bourdon, Lebrun, etc. 29 pièces.

44 — The Cotillion dance. The allemande dance,
d'ap. Brandoin, Collett, etc. 14 pièces.

45 — Caricatures et sujets plaisants. 16 pièces.

46 — Mascarade par Léonardis, d'ap. Tiepolo. Pan
et Syrinx, par Jeaurat, d'ap. P. Mignard, etc.
11 pièces.

47 **Dossier** (M.). Vertumne et Pomone, d'ap. Ri-
gaud. Belle épr.

48 **Durer**. Jésus au jardin des Oliviers. B. 19. Sainte
Geneviève. B. 63. 2 pièces.

49 — Sainte Anne et la jeune Vierge. B. 29. La
sainte Famille au papillon. 44. Ces 2 pièces
manquent de conservation.

50 **Duvet** (Jean). Poison et contrepoison. Un lion
est vivement attaqué par un dragon ; une licorne
arrivant de la droite enfonce sa corne dans le corps
du dragon. R. D. 61. Pièce rare.

51 **Edelinck**. Poisson dans le rôle de Crispin, d'a-
près Netscher. Belle épreuve avec l'adresse de J.
Audran.

52 — La Magdeleine, d'après Lebrun ; Moïse, d'a-
près Ph. de Champagne, avec l'adresse de Drevet.
2 pièces.

53 **Falens** (d'après Van). Rendez-vous de chasse ; le Chasseur fortuné. 2 jolies pièces gravées par Lebas. Très-belles épreuves.

54 **Freudeberg** (S.). 1771. Joli petit paysage à l'eau-forte.

55 **Gelée** (Claude), dit le Lorrain. La Danse au bord de l'eau. R. D. 6. Ancienne épreuve. La marge du bas est coupée.

56 — Le Naufrage (7), 2ᵉ état. Copie de cette pièce. Scène de brigands (12), 4ᵉ état. — Les Quatre chèvres (27), 2ᵉ état. — Partie de griffonnement, petit paysage. 5 pièces.

57 — Le Pont de bois (10). Belle et ancienne épreuve.

58 — Le Temps, Apollon et les Saisons. R. D. 20. 1ᵉʳ état. *Rare*. Très-belle épreuve.

59 — La même pièce (20), 2ᵉ état.

60 — Le Troupeau en marche par un temps orageux (18), 3ᵉ état. Tiré sur papier de Chine. Il y a une déchirure du haut en bas de l'estampe. — Campo vaccino (23), 5ᵉ état.

61 **Genoels** (A.). Intérieurs de parcs. 6 jolies pièces.

62 **Ghisi** (Adam). Char attelé de cinq chevaux, conduit par deux enfants ailés, ovale en largeur. Très-belle épreuve.

63 **Gole.** Costumes de femmes du temps de Louis XIV. 4 pièces à la manière noire, dont une avant toute lettre.

64 **Goltzius** (H.). Vénus et Vulcain surpris par les dieux de l'Olympe. Belle pièce.

65 **Lasne** (Michel). Portrait d'acteur sous Louis XIII.

66 **Marcenay de Guy**. L'Amour fixé, d'après Lebrun.

67 **Mauperché**. L'Ange conseillant Tobie. R. D. 9. Trois paysages, d'après Francisque Millet. 4 pièces.

68 **Miele** (Jean). Batailles tirées des guerres de Flandres de Strada. 3 belles pièces.

69 **Mignard** (d'après). Les Quatre Saisons, tableaux de la voûte du petit appartement du roi à Versailles. 7 grandes pièces gravées par G. Audran et Jean-Baptiste Poilly.

70 **Moitte**. Apollon et Galathée, d'après Paul de Mathei.

71 **Moucheron**. Vue d'un parc, avec bassin sur le devant. Charmant paysage.

72 **Netscher** (d'après). Le Jeu de piquet, gravé par Lépicié.

73 **Picot**. Nymphs sporting, d'après Zuccarelli, Jolie pièce.

74 **Pierre** (d'après). Le Savoyard, la Savoyarde, la Lanterne magique, gravées par Larmessin et Daullé, et une pièce originale du maître. 4 pièces.

75 **Rembrandt**. Figures académiques d'hommes. Cl. 191. Vieillard à barbe carrée. 262. Faustus. 267. Abraham France. 270 Lutma. 273. Jean Asselin. 274. Utembogardus. 276. 8 pièces.

76 **Robetta**. Jésus-Christ baptisé dans le Jourdain. B. 8. Très-belle épreuve. Elle est doublée et manque de conservation.

77 **Roullet**. La Vierge au raisin ; Visite à sainte Elisabeth, d'après Mignard. 2 pièces.

78 **Rubens** (d'après). Henri IV délibère sur son futur mariage ; le Couronnement de la Reine ; le Roi part pour la guerre d'Allemagne. 3 pièces de la galerie de Médicis, gravées par Jean Audran. *Ce numéro pourra être divisé.*

79 **Ruysdael** (J.). Le Petit pont (1). Les Deux paysans et leur chien (2). 2 pièces.

80 **Saenredam**. Diane découvrant la grossesse de Calisto, d'après Morelse.

81 **Saint-André**. Plafonds d'après Lebrun. 2 pièces.

82 **Stradan** (d'après). Allégories gravées par J.-B. Raphaël Sadeler. 6 pièces.

83 **Strange**. Cléopâtre, d'après Guido Reni. Belle pièce.

84 **Thiele** (A.). Vue du château royal de Pilnitz et des environs. Grande et belle pièce à l'eau-forte.

85 **Titien** (d'après). Danaë. Jolie petite pièce, gravée par Bolt, et imprimée en bistre. In-8 en largeur.

86 **Valée**. Flore sous la figure d'une jeune femme à laquelle un nègre, placé à gauche, présente une corbeille de fleurs. Jolie pièce.

87 **Verkolie** (Nicolas). Jeune femme présentant sa main à une gitana. Charmante pièce à la manière noire.

88 — Une maison de débauche. Pièce à la manière noire. *Rare.*

89 **Vermeulen** (C.). 1694. Mezetin en pied, d'après F. de Troy. In-fol. en hauteur..

90 **Watson** (James) Galant lutinant une jeune femme, d'après Paul Moreelse. Jolie pièce à la manière noire.

91 **Watteau** (d'après). Récréation italienne, l'une des plus charmantes compositions du maître, gravée par Aveline. Très-belle épreuve.

92 — Arlequin jaloux, gravé par Chedel, épreuve avant la lettre. *Très-rare en cet état.*

93 — Le Sommeil dangereux, d'après Liotard. Très-belle épreuve.

94 — L'Enlèvement d'Europe, grande et belle composition, gravée par Aveline.

95 — L'Amour mal accompagné, gravé par Dupin. Très-belle épreuve.

96 — Sainte Famille, gravée par M. Jeanne Renard du Bos. Très-belle épreuve.

97 — La Famille, gravé par Aveline.

98 — Camp volant, gravé par N. Cochin. Escorte d'équipages, par Cars. 2 pièces, très-belles épreuves.

99 **Wenix** (d'après). La Partie de plaisir, gravée par N. de Launay. Superbe épreuve avant la dédicace.

100 **Will** fils (d'après). L'Essai du corset, dédicace d'un poème épique, par Dennel ; la mère contente la mère mécontente, par Ingouf. 4 pièces.

101 **Woeriot.** Le Taureau de Phalaris. La Femme d'Asdrubal se précipitant dans le bûcher. R. D. 205, 206. 2 pièces.

102 **Wouvermans** (d'après). L'Écurie hollandaise.
Guerre des Huguenots. L'Embrasement d'un mou-
lin. 3 pièces gravées par Moyreau.

103 **Zucchi**. La Vierge, entourée de chérubins, te-
nant sur ses genoux l'Enfant Jésus endormi.

PIÈCES HISTORIQUES, COSTUMES, MŒURS,
VUES DE VILLES & DE MONUMENTS.

104 **Anonyme**. Costumes des premiers temps de
Louis XV. 14 pièces à l'eau-forte.

105 — Exécution en place de Grève de Thomas Ar-
thur de Lally, le 8 mai 1766. In-fol. en largeur.
Rare.

106 — Exécution d'Ankarstrom, assassin du roi de
Suède. Pièce à quatre compartiments. Dans l'un
on voit le roi blessé ; dans les trois autres, les dé-
tails du supplice du meurtrier. *Rare.*

107 — L'Héroïne du jardin Egalité, avec couplet
expliquant que Babet a quitté ses sabots et sa
hotte pour une mise élégante.

108 **Bernigeroth**. Cérémonies pour la réception
des apprentis et des maîtres dans la Franc-Ma-
çonnerie. 3 pièces.

109 **Duplessis-Bertaux**. La Fête de la Réunion,
d'ap. Will fils, 1794.

110 **Giffart** (à Paris, chez). Le magnifique Carrousel fait sur le fleuve de l'Arno, à Florence, pour le mariage du Grand-Duc. 18 pièces y compris le titre.

111 **Hooge** (Romyn de). Cérémonie. Pièces historiques sur l'Angleterre. Funérailles de Marie, reine d'Angleterre, etc. 15 pièces.

112 **Huctenburg**. Marche du roi, accompagné de ses gardes, passant sur le Pont-Neuf et allant au palais, d'ap. Vander Meulen. Grande et belle pièce. Très-belle épr.

113 **Kufner**. Assassinat de Gustave, roi de Suède, dans un bal, en 1792. In-fol. en largeur.

114 **Leclerc** (S.). Prestation de serment du marquis Dangeau, dans la chapelle de Versailles, le 18 décembre 1695.

115 **Nerli** (F.). Carnaval de Rome. Grande pièce en largeur à l'eau-forte.

116 **Perelle**. Vues de Meudon Maison de Pompone. Vaux-le-Vicomte, etc. 5 pièces.

117 **Ponce** (N.). Assemblée nationale constituée à Versailles, le 17 juin 1789. Fédération, le 14 juillet 1790. 2 pièces.

118 **Scotin** (G). Le Roi de Pologne, électeur de Saxe, donnant la Toison d'or au prince royal de Pologne et de Saxe (1722), d'ap. le Plat. In-fol. en largeur.

119 — Fêtes et cérémonies à Dresde, pour le mariage du prince royal. 10 pièces.

120 **Silvestre** (Israël). 1650. Perspective de la ville de Paris vue du pont des Tuileries. Grande et belle pièce en largeur. *Faucheux*, 77. Belle épr.

121 — Titre : Vues et perspectives nouvelles, tirées sur les plus beaux lieux de Paris et des environs : église et cour du Temple, tour de Nesle, hôtel de Nevers, église Saint-Martin-des-Champs, etc. Suite de 8 pièces. *Faucheux*, nº 50. Il manque le nº 2, le Cours-la Reine. Très belles épr.

122 **Silvestre** (d'ap. Israël). Vues d'Italie. Épreuves avant toute lettre. 10 pièces.

123 **Slodtz** (d'ap.). Pompe funèbre de Marie-Thérèse d'Espagne, dauphine de France, en l'église de l'abbaye royale de Saint-Denis, le 5 septembre 1746, gravée par C.-N. Cochin fils. Très-belle et rare épreuve avant toute lettre.

124 **Thevenin**. Prise de la Bastille, le 14 juillet 1789. Belle pièce à l'eau-forte. Fédération (1790), par Helman, d'ap. Monnet. 2 pièces.

125 **Tortorel** et **Perissin**. Titre, Avis au lecteur, texte latin au milieu d'un cartouche richement ornementé. R. D. 1. Très-belle épr.

126 — Le Tournoi où le roi Henri II fut blessé à mort, le dernier de juin 1559. Dans le haut on lit : *Decursorum in quo rex Henricus II*, etc. R. D. 3. Très-belle épr.

127 — La Mort du roi Henri II aux Tournelles, à Paris, le 10 juillet 1559. Belle pièce sur bois. R. D. 4.

128 — L'Exécution d'Amboise faite le 15 mars 1560, gravée sur bois. R. D. 7.

129 — Le Colloque tenu à Poissy, le 9 décembre 1561.
R. D. 10. Première planche. *Très-rare.*

130 — Le Massacre fait à Vassy, le premier jour de
mars 1562. R. D. 11. Sur bois. Texte latin.
— La même pièce, texte allemand.

131 — La Prise de Valence, en Dauphiné, où fut tué
le sieur de la Motte-Gondrin, le 25 avril 1562.
R. D. 13.

132 — Massacre fait à Tours au mois de juillet 1562,
gravé sur bois. R. D. 14.

133 — La Défaite de Saint-Gilles, en Languedoc, au
mois de septembre 1562. R. D. 16.

134 — L'Ordonnance des deux armées de la bataille
de Dreux, donnée le 19 décembre 1562. R. D. 17.

135 — La première charge de la bataille de Dreux,
où le connétable de Montmorency fut pris, le
19 décembre 1562. R. D. 18.

136 — La troisième charge de la bataille de Dreux,
où M. le prince de Condé fut pris, le 19 déc. 1562.
R. D. 20. 1er état. *Très-rare.*

137 — La quatrième charge de la bataille de Dreux,
où le maréchal de Saint-André fut tué, le 19 décembre 1562. R. D. 21.

138 — La Retraite de la bataille de Dreux, le 19 décembre 1562. R. D. 22.

139 — Orléans assiégé au mois de janvier 1563. R.
D. 23

140 — Le Duc de Guise est blessé à mort par Poltrot,
le 18 février 1563. R. D. 24. *Très rare.*

141 — La Paix faite en l'Isle-aux-Bœufs, près Orléans,
le 13 mars 1563. R. D. 25.

142 — L'Exécution de **Poltrot** à Paris, le 18 mars 1563. R. D. 26. *Très-rare.*

143 — Le Massacre fait à Nismes, le 1er octobre 1567. R. D. 27.

144 — L'Ordonnance des deux armées françaises entre Cognac et Château-Neuf, le 13 mars 1569. R. D. 31.

145 — La Rencontre des deux armées à La Roche, en Limousin. où le sieur Strossy fut pris, le 25 juin 1569. R. D. 33.

146 — L'Ordonnance des deux armées près de Moncontour, le 3 octobre 1569. R, D. 35.

147 — La Déroute du camp de MM. les Princes, et la défaite des lansquenets à Moncontour, le 3 octobre 1569. **R. D. 36.**

Ces pièces font partie de la suite des tableaux des guerres, massacres, troubles et autres événements remarquables advenus en France, de 1559 à 1570. Ce sont des documents fort curieux comme le dit M. Robert-Dumesnil, au point de vue de l'histoire, du costume et de l'art. Les épreuves décrites dans ce catalogue sont avec texte latin, à l'exception d'une seule en double qui porte un texte allemand. Nous avons eu soin de mentionner celles gravées sur bois ; les autres sont exécutées à l'eau-forte, et les épreuves sont belles. En les divisant comme nous l'avons fait, nous offrons une excellente occasion de compléter les recueils auxquels il manquerait quelques-unes de ces pièces.

148 **Vien** (Joseph). Mascarade turque donnée à Rome au carnaval de 1748. 22 pièces. (Suite incomplète.)

RECUEILS.

149 Recueil de costumes de l'Espagne et de ses pos-
sessions. 65 pièces. In-fol. broché.

150 **Vouet** (Simon). Pièces d'après ce maître, le plus
grand nombre gravées par Dorigny. 57 pièces en
1 vol. in-fol. Reliure parchemin.

151 **Schynvoet**. Vases, fontaines, tombeaux. 54 p.
en 1 vol. in-fol. cartonné.

152 Architettura ed ornati della loggia del Vaticano,
opera del celebre Rafaele Sanzio, consistente in-
foli XXVIII imperiali. In Venezia, dal Santini, 1783.
1 vol. cartonné.

ORNEMENTS.

153 **Anonyme italien** du xvie siècle. Deux montants d'ornement composés de vases, rinceaux,
trophées, etc.

154 — Fin du xvie siècle. Cartouches. Compositions
très-variées avec figures. 20 pièces.

155 — Encadrements formés de points de dentelles.
9 pièces. Ces ornements nous paraissent de la fin
du xvie siècle.

156 **Bella**. Vases. Cartouches gravés d'après lui, par
Collignon. 28 pièces.

157 — Cartouches et autres ornements. Contre-épreuves. 15 pièces.

158 — Frises ornementées. 16 pièces.

159 **Bonaventura** (Fra). Temples antiques qui nous paraissent des copies de Ducerceau. 14 pièces.

160 **Bouchardon** (d'après). Vases gravés par Huquier. 12 pièces.

161 **Cuvillies**. Décorations théâtrales. 2 grandes et belles pièces.

162 **Lefèvre** (François). Fleurs et feuilles pour servir à l'art d'orfèvrerie. 6 pièces.

163 **Lepautre** et autres. Planches de la grotte de Versailles. 17 pièces.

164 **Poilly** (à Paris, chez). Sujets mythologiques, avec entourages d'ornements entremêlés de grotesques. La plupart tirés des balli de J. Callot. 4 pièces.

165 **Schalhaimer** (David). 1592. 9 pièces portant les initiales D. S. et la date de 1592.

4 pièces de la même époque, sans date ni monogramme.

1 pièce signée G. A.

5 pièces signées H. D. B. F. 1592.

En tout 19 pièces Bijouterie contenant un grand nombre de motifs très-variés.

4 autres pièces portant sur le titre le nom de Nicolaus D. Russe, anno 1614. Fines et charmantes arabesques portant les nos 1 à 4.

Ces pièces sont en un petit vol. oblong, couverture parchemin.

166 **Solis** (Virgile). Aiguière avec figure de tortue au milieu, et de lézards sur les côtés. *Rare*.

167 **Testelin** (d'après). Frises et montants. 4 pièces.

168 **Vauquier**. Frises et fleurs avec sujet dans un rond au milieu. 8 pièces.

169 **Vrièse**. Tombeaux. 16 pièces.

170 Sous ce numéro seront vendues par lots les pièces non cataloguées.

Renou et Maulde, imprimeurs de la Compagnie des Commissaires-Priseurs rue de Rivoli, 144.   1996